솜푸르나

솜푸르나

초판 1쇄 인쇄 2010년 07월 19일
초판 1쇄 발행 2010년 07월 26일

지은이 | 소금언약
펴낸이 | 손형국
펴낸곳 | (주)에세이퍼블리싱
출판등록 | 2004. 12. 1(제315-2008-022호)
주소 | 157-857 서울특별시 강서구 방화3동 316-3번지 102호
홈페이지 | www.book.co.kr
전화번호 | (02)3159-9638~40
팩스 | (02)3159-9637

ISBN 978-89-6023-400-0 03810

방글라데시의 별, 랑가마티

슬푸르나

글/사진 소금언약

Prologue

그리움은 축복입니다.
뿌옇게 흙먼지 일던 어제의 일들이 그립습니다.

서럽게 울던 2006년, 처음 방글라데시 땅을 밟았습니다. 한 NGO 단체를 통해, 그것도 마흔을 코 앞에 두고, 생애 처음 이 나라를 떠나 간 곳이 바로 그곳이었습니다. 작은 트럭의 화물칸에 앉은 채 공항을 빠져 나와 숙소까지 한 시간 가까이를 달렸습니다.

그때 처음 알았습니다.
사람이 사람답게 산다는 것이 어떤 의미인지를!

꼬박 한 달을 그곳에 머물면서 세 가지를 품에 안고 돌아왔습니다. '감사', '사랑', '나눔'이었습니다. 이 세 가지는 이후 나의 삶을 송두리째

뒤바꿔 놓았습니다.

'방글라데시'란 나라는 찾아가기에 많은 불편함이 따릅니다. 비행기를 갈아타야 하고, 공항에서의 긴 대기 시간에다가, 수도 다카(Dhaka)에 도착하기까지 거의 24시간 이상을 버티어야 합니다. 그리고 다시 국내선으로 갈아타고 목적지까지는 또 그 만큼의 수고와 인내를 요구합니다.

제가 찾아간 '랑가마티'는 치타공(Chittagong)을 거쳐야 합니다. 치타공은 방글라데시 제2의 도시이면서 뱅골만(Bay of Bengal)에 접하고 있어 마치 우리나라의 부산처럼 느껴지는 곳입니다. 대규모 자유공단이 위치하고 있어 수출입을 담당하는 무역항이기도 합니다. 다카에서 치타공까지는 약 270km, 비행기로는 약 1시간, 버스로는 7시간 정도 소요됩니다. 그리고 치타공에서 랑가마티(Rangamati)까지는 버스로 3시간 정도를 더 들어가야 합니다.
특히 주의할 점은 치타공 산악 지역(CHT,Chittagong Hill Track)에 위치한 랑가마티(Rangamari), 카그라쵸리(Kagrachari), 반도르반(Bandarban)의 세 지역을 여행하기 위해서 외국인은 반드시 허락(permit)을 발급받아야 합니다.

치타공 산악 지역에는 11개 소수 민족들이 흩어져 살고 있습니다. 그들은 짝마(Chakma), 말마(Marma), 트리퓨라(Tripura), 탕창갸(Tangchangya), 쿠미(Khumi), 루사이(Lusai), 봄(Bawm), 판쿠아

(Pankhua), 짝(Chak), 무롱(Murong), 그리고 카잉(Khiang)입니다.

그 중 랑가마티는 오래 전부터 짝마 부족(Chakma Tribe)의 주 활동 무대가 된 곳입니다. 깊은 산악 지역이었던 이곳은 1962년 카르나풀리 강을 막아 거대한 인공 호수인 캅타이호(Kaptai Lake)가 만들어지면서 많은 변화를 겪게 됩니다. 사람들은 예전의 화전농('줌머'라고 불림)에서 어업, 과일 재배, 목재 판매 등으로 전업해야 했고, 그 와중에 치타공 산악 지역 전체 인구의 25%인 10만 명 정도가 주변 지역 및 인도로 이주해야 하는 아픔을 겪었습니다.

해마다 여름철 우기가 되면 랑가마티는 한 차례 '물의 도시'로 탈바꿈합니다. 하늘에 구멍이 뚫린 듯 쏟아지는 빗방울들은 호수의 수위를 폭발적으로 상승시켜 도시 중심부를 제외한 대부분 지역이 물에 잠겨버리는 것입니다. 지난 겨울 랑가마티를 방문했을 때, 지역의 명소인 현수교의 30m 높이 주탑 끝까지 물이 차올라 있던 모습을 보고서 깜짝 놀란 적이 있었습니다. 이렇게 우기가 끝나고 물이 완전히 빠질 때까지 도시는 몇 개월 동안 그렇게 거대한 호수로 변하게 됩니다. 이때의 랑가마티가 가장 아름다워 보이는 건 참으로 아이러니입니다.

이렇게 많은 상처와 아픔을 간직한 랑가마티이지만 그들의 삶은 여전히 생동하고 있습니다. 랑가마티는 Ranga(Red)와 Mati(Soil)가 합쳐진 '붉은 땅'이란 뜻입니다. 그 이름처럼 오늘도 태양은 캅타이 호수 위를 변함없이 오르내리면서 랑가마티를 붉게 물들이고 있습니다.

사람들은 이른 새벽부터 부지런히 움직입니다. 거대한 호수의 구석 구석에서부터 배를 타고 시내에 위치한 학교로, 직장으로, 시장으로 이동해야 하기 때문입니다. 풍성한 과일과 신선한 야채들 그리고 살아 펄떡거리는 생선들로 시장은 활기가 넘칩니다. 40도 가까이 수은주를 끌어올리는 한 여름 랑가마티의 태양도 이들의 삶에 대한 열정만큼은 결코 따라올 수 없습니다.

짝마 부족은 모든 면에서 한국 사람들과 비슷한 구석이 많습니다. 생김새, 생활 양식, 음식 문화, 가정 생활 등 많은 부분이 한국 사람들과 흡사합니다. 그래서 비록 외국인이지만 랑가마티에서는 현지인처럼 대우 받을 때가 여러 번 있었습니다. 한 어린 아이는 운동장에 앉아 있던 나에게 다가와서 짝마 부족 말로(부족은 그들만의 언어가 따로 있습니다) 몇 시냐고 묻기도 하고, 한 마을에서는 외국인이 자기네들과 비슷하게 생겼다고 해서 구경을 오기도 했습니다.

그들은 이방인을 기꺼이 초대해 주었고, 어눌한 말을 귀담아 들어 주었습니다. 한 번으로 끝나지 않고 두 번, 세 번 그들은 진심으로 나를 친구로 대해 주었습니다. 그 더운 날씨에도 아랑곳 하지 않고 길 잃은 나그네를 위해 몇 시간씩 가이드를 해 주는 그들의 모습을 보면서, 사람의 행복은 부와 명예에 있지 않다는 사실을 분명하게 체득할 수 있었습니다.

돌아서면 그리운 것이 사람입니다.

사람이 그립고, 그들의 사랑이 그립습니다.

그러나 진정 그리운 까닭은 언제나 한 사람 때문인지도 모릅니다.

랑가마티는 내게 그런 '한 사람'입니다. 길다란 줄에 흔하게 널브러져 있는 형형색색의 빨래들처럼, 만나면 익숙하고 떠나면 이내 정겨운 곳이 그곳입니다. 몇 년을 살았던 사람처럼 얘기하고, 몇 년을 떠났던 것처럼 서글픈 곳도 바로 그곳입니다. 지금 나에게 한 가지 소원이 있다면, 다시 그곳을 찾게 되리란 설렘 속에 울고 웃으며 하루하루 하.늘.빛.행.복으로 채워나가는 것입니다.

마지막으로 나에게 운명처럼 랑가마티를 선물해준 하나님께 감사를 드립니다. 주머니 속에서 방글라데시를 뜻했던 붉은 공을 뽑도록 나의 오른손을 조종한 것은 당신이 가진 최고의 모략이었습니다. 그리고 생애 처음 방글라데시의 부족을 만나도록 도와준 APAB에게도 감사를 드립니다. 그들은 내가 아는 최고의 팀입니다.

환상의 섬 거제도에서 나의 버팀목이 되어주시는 부모님, 나의 가장 든든한 동역자이자 후원자인 동생들에게 감사를 전합니다. 그들은 영원한 나의 가족입니다.

10년의 세월을 기도의 무릎으로 나를 사람다운 사람이 되도록 품어준 화천 영광기도원, 춘천의 은샘교회, 신천의 김옥희 집사님께 감사를 드립니다. 그분들의 사랑이 없었다면 지금의 나는 존재할 수 없었습니다.

서툴기만 하던 날 믿고 따라주었던 신천의 낮은 자들과 대명의 그루터기, 마하나임에게 감사를 전합니다.

특히 제주의 CDTS, 군포 박태일 목사님께 감사를 드립니다. 그분들은 곧 나의 미래의 모습입니다. 또한 믿음으로 가족이 되어 준 CDTS 15기에게 하나님의 축복이 함께 하시기를 소원합니다. 무엇보다 이 책이 나오기까지 큰 힘이 되어준 방글라데시의 한OO, 그리고 그녀의 어머니에게 진심으로 감사를 드립니다.

그리고 나의 한 사람, 사랑하는 아내에게 진정으로 감사를 드립니다.
"여보, 1992년 5월 5일부터 지금까지 당신은 내게 하.늘.빛.행.복의 전부라오!"

2010년 7월
소금언약

Intro

Rangamati

나는 알 수 있지.
지금 바람이 분다는 것을.

봄비 같은 작은 설렘들이 모이더니
어느 사이 바람이 되었지.

창문 너머 세상이 빛처럼 환하더니
지난 밤사이 나만의 꿈이 되었지.

나는 알 수 있지.
지금 바람이 분다는 것을.

내 안에 작은 바람이….

랑가마티에서 언제나 나의 마음을 설레게 하던 길입니다.
하루에도 몇 번씩 이 길을 지나야 했습니다.
아이들을 만나고, 물건을 사고, 그리고 호수를 건너고...
그럴 때마다 늘 이 길 위에 섰습니다.

그래서 내 마음이 여기 있고, 내 사랑이 여기 있습니다.
길 위에 설 때마다 나의 키는 한 자나 자랍니다.

*랑가마티에서 가장 아름다웠던 길

신문을 파는 가게를 만났습니다.
그리고 두 번을 놀랐습니다.
한 번은 신문을 저렇게 걸어두고 판다는 사실에 놀랐고,
또 한 번은 신문의 종류가 생각보다 많다는 것에 놀랐습니다.

이 낯선 풍경이 시원한 바람처럼 더위를 식혀주었습니다.
오늘 하루도 감사합니다.

랑가마티에서 만난 수많은 사람들,

그들은 한결같이 강인한 생명력을 품고 있었습니다.

삶에 대한 절박함은 곧 그들만의 얘기는 아닐 것입니다.

산다는 것은 과연 무엇일까요?

그들을 보면서 생각했습니다.

살아야 한다면 당신처럼,

그렇게 열정적으로,

그렇게 온 힘으로!

방글라데시의 별, 랑가마티

하늘을 꿈꿉니다.
내 삶의 짙은 구름들 너머 눈부신 푸름을,

여전히 태양은 찬란하고,
눈부시도록 아름다운 하늘은 언제나 그 자리인 것을.

당신과 나,
오늘은 그 푸른 하늘에서 세상을 넉넉히 안았으면 좋겠습니다.

너무 돌아가는 건 아닐까,
그렇게 힘들게 고갯길을 오를 때가 있습니다.

그러나,
돌이켜보면 그 길만큼 아름다운 곳도 없습니다.

내 모습 그대로,
하늘 길 향하던 그 시간들…

* 랑가마티의 가장 높은 곳인 '볼아담'을 오르는 길입니다.

하늘과 호수가 맞닿은 곳이기도 하구요.

마치 정글의 한 가운데를 달리는 듯한 느낌이었습니다.

방글라데시의 별, 랑가마티

물의 도시 랑가마티,
우기(rainy season)에도 살아남으려면 꿈틀대듯 높이 올라야 합니다.

SOMPURNA

나지막이 당신을 위해 기도를 올렸습니다.

당신을 향한 작은 가슴 떨림이 감동입니다.

배를 타고 호수를 건널 때마다 랑가마티의 풍경은 정겹기만 합니다.

랑가마티는 내게 단순한 여행지가 아니었습니다.

그곳엔 생명이 있고, 사랑이 있고, 이별이 있습니다.

그렇게 매일을 사랑하듯 랑가마티를 비집고 다녔습니다.

캅타이 호수(Kaptai Lake)는 모두에게 젖줄(life line)입니다.
이곳에서 사람들은 살아야 하고, 살아내야 합니다.
생존을 위해서, 생명을 위해서,
무엇보다 아이들의 미래를 위해서.

방글라데시의 별, 랑가마티

기억 속에 머물고 있는 작은 '의미'들,
행복의 이름으로 날 찾아왔던 '선물'들,
빛 속에 눈감으니 당신입니다.

오늘도 하늘 올려보며 살 수 있는 이유는,
내가 아닌 '당신'입니다.

반겨주는 이가 있어 행복입니다.
신록의 향연 깊은 자리 굳이 발을 담지 않아도,
이미 우리의 마음은 한걸음 저만치 앞서고 있습니다.

길동무가 있어 행복입니다.
작은 사과 한입 베어 물고, 마음으로 내린 커피 향 짙음까지,
앞서거니 뒤서거니 우리의 걸음은 나래인 듯합니다.

목마름이 있어 행복입니다.
나누고 채워줄 허기진 갈증이 아직도 많이 남아,
뒤안길 돌아나오며 우리는 다시 푸른 바다를 그립니다.

1

zograbil

조그라빌

방글라데시의 별, 랑가마티

낯선 이방인의 방문에 아이들이 놀랐습니다.
숨기도 하고, 몰래 따라오기를 반복합니다.
어쩌다 카메라를 가까이대면 본능처럼 얼굴을 가립니다.

첫사랑 순수純水처럼 당신의 모습이 아련합니다.

방글라데시의 여름은 아이들에게도 쉬운 상대는 아닙니다.
아이들의 얼굴에는 쉴 새 없이 땀이 흐르고,
몸 구석구석은 땀띠로 얼룩질 때가 많습니다.

그러나 아이들에게서 난 푸른 호수를 봅니다.
세상 어느 곳보다 맑은 영혼을 가진 아이들,
세상 누구보다 따뜻한 심성을 가진 아이들,

조그라빌의 작은 학교에서,
나는 살맛나는 인생을 배웠습니다.

친구를 떠나 보내야 하는 당신의 마음이 애달픕니다.
당신은 아무 일 없듯 웃음을 보이겠죠.
떠난 이들은 언제나 말이 없습니다.
외로움과 그리움은 남겨진 이의 몫이니까요.

오늘 **아이**는 **염소**와 **이별**해야 합니다.

카메라 앞에서 몸을 피하던 아이들이
마침내 활짝 웃었습니다.

10분 정도를 우린 숨바꼭질 했거든요.
나는 아이들을 찾았고,
아이들은 금세 들키고 말았습니다.

한 아이는 아직도 들키고 싶지 않은 듯
계속 얼굴만 가렸습니다.
이 아이들이라면 하루 종일 술래여도 좋습니다.

당신에게 배웁니다.
내 삶이 얼마나 단순해질 수 있는지.

기울지 않게 되기를,
나의 한쪽 어깨가 유난히 무거워지지 않도록,
당신에게서 '비움'의 겸손을 배웁니다.

오늘 만난 한 사람이 소중합니다.
내일 만날 한 사람이 그립습니다.

당신과 나,
우린 서로에게 '눈높이'입니다.

당신의 눈에 담긴 내 모습이
지금처럼만 행복했으면 좋겠습니다.

굳이 말하지 않아도 쑥스러운듯
작은 미소 한번이면 충분합니다.

못내 돌아서 아쉬워지면
언제라도 나의 창을 당신을 향해 열겠습니다.

모두가 시작된 지 않았느지 하루에 한두 차례씩 스콜(Squall)이 지나닙니다.
Cng택시를 타고 가던 중 급하게 비를 피할 곳을 찾다 만난 닭는 마을,
그곳이 바로 조그라비(Zograbji)입니다.

놀랍게도 그곳에는 엄마 부족 아이들만이 닭는 학교가 숨어 있었습니다.
빠나침음 아이들과 함께 눈에 모처럼 뷰네시집이 기억으로 되갔는 행운을 이었스니다.
멀리 시아에서 사라진 떼까지 아이들는 갇는 틀는 자리에 서서 내내 서로 내리지 않았습니다.

눈부신 세상이 아니어도,
가난한 마음, 행복한 빈손으로,
당신이 머무는 자리 주저 없이 끼어들 수 있어서,
나의 작은 공간은 당신이 있어 빛이 됩니다.

2

master
Para

마스터파라

당신의 존재만으로 누군가에게 '의미' 있다면

충분히 지금의 모습으로 아름답습니다.

세상에서 가장 존귀한 당신입니다.

그리고, 난 언제나 당신 편입니다

이 아이들의 얼굴,
세상을 다 가진 듯한, 세상을 다 이긴 듯한 얼굴,
무엇으로도 바꿀 수 없는 행복을 아이들은 이미 가지고 있습니다.

아이들의 내일이 몹시 궁금합니다.
어떻게 자라고, 어떻게 변해갈지가.

오래 오래 아이들의 동무로 남고 싶었습니다

가난한 방글라데시에서,
세상의 가장 밝은 웃음을 찾게 해 달라고 기도했습니다.
그리고 이 아이들을 만났습니다.

마을을 빠져 나오는 긴 언덕배기 내리막길,
두 아이는 기를 쓰고 따라옵니다.
"바이"… "바이"…

밤새 아이들의 환영에 눈이 짓무르고,
빈 손으로 찾았던 나의 주변머리 없음을 자책했습니다.

다음 날,
양손에 사탕과 비스킷을 들고 다시 아이들을 찾았습니다.

캅타이 호수에 배를 띄워 두 시간을 찾아 들어가야 하는 마을 어귀,
변함 없이 아이들은 최고의 미소를 날려줍니다.

"바이"… "바이"…

처음,
방글라데시에서 비를 보았습니다.
얇은 고무신 바닥에서부터 비는 처절하게 생동합니다.
다시 비는 튕겨져 나가고 흙탕물은 허리춤을 적십니다.

가끔은 하.늘.단.비.가 내렸으면 좋겠습니다.

이 마을이 이름은 마스터파라(Master Para), 즉 '마스터의 마을'이란 뜻입니다.

마을의 촌장인 마스터는 이 분의 실제 이름입니다.

작은 부족의 리더이지만 그의 식견은 참으로 놀라웠습니다.

주변 이곳 마을까지 마스터의 지도력은 신뢰를 얻기에 충분했습니다.

좋은 지도자를 둔 작은 마을은 너무도 평안해 보였고,

난 짧은 하루 내내 그 마을이 몹시도 부러웠습니다.

3

Rangapani

당신의 하늘을 울려다 봅니다.
같은 하늘 아래 내가 있습니다.

랑가마티에서 가장 아름다운 마을이 여기, 랑가파니(Rangapani)입니다.
그들의 터전은 옛 한국의 전형적인 농촌 풍경을 그대로 옮겨놓은 듯합니다.
산과 나무, 들과 곡식, 아담한 집들과 따뜻한 사람들,
눈길 한번 뗄 수 없을 정도로 랑가파니는 나를 단숨에 사로잡았습니다.

랑가마티가 '붉은 땅'을 뜻한다면, 랑가파니는 '붉은 물'을 뜻합니다.
우기가 되면 이곳은 거의 잠기게 됩니다.
그러면 온통 흙탕물로 변해 물색도 붉게 변할 지 모릅니다.

하지만 너무 아름다웠습니다.
온통 초록의 마을은 숨겨진 보석처럼 자꾸만 걸음을 붙잡아 둡니다.

세 시간 넘게 들을 지나고 물을 건넜습니다.
폭염의 땡볕도 랑가파니의 초록 앞에서는 힘을 잃습니다.
이제 곧 물이 차오르면 조각배들은 기다렸다는 듯이 일어날 것입니다.

랑가파니여!
당신 가까이에 머무를 수 있도록 허락해 주시기를.
당신에게 바라는 건 오직 그것뿐.

사랑이 오래도록 같은 자리에 피어날 수 있다는 사실을 깨닫기까지.
당신의 사랑 안에서 난 눈물이어도 상관없습니다.

4

vhed vhedi

베드베디
*땅이 매우 부드러워 발이 깊이 빠지는 상태

삶이 건조해지지 않도록,
사랑이 습관처럼 익숙해지지 않도록,
당신의 설렘이 행복이었으면 좋겠습니다.

아이들은 꿈을 꿉니다.
그 꿈들이 얼굴에 그대로 적혀 있습니다.
아이들의 꿈이 오래 오래 그 얼굴에
숨어 있었으면 좋겠습니다.

SOMPURNA 83

당신에게는 그토록 힘겨운 오늘이었습니다.
흘깃 뒤를 돌아본 당신의 눈빛이 고스란히 좁은 골목길을 달립니다.
당신의 배고픔이 또 다른 내일이 되지 않기를 소원했습니다.

오늘 당신은 무엇을 말하고 싶었나요?

아이들은 일 주일에 한 번씩 쌀을 지원받고 있다고 합니다.
랑가마티에는 UN의 지원 활동이 활발하게 이루어지고 있는데,
아마도 식량을 보조해주는 듯 합니다.

더 행복하게 지켜주지 못한 미안함,
가난이란 불편함 속에 가둔 미안함,
사랑한 만큼 사랑을 담지 못한 미안함,

오늘은 사랑이 '미안함'을 타고 날아옵니다.

랑가마티에서 최고 더운 날이었습니다.
고추를 따고 있는 한 여인을 만났습니다.
온 몸이 땀으로 범벅이 된 채 일을 하고 있는 모습이,
우리네 어머니의 모습과 크게 다르지 않았습니다.
그 뒤를 지나가야하는 난 한 동안 앞서지 못했습니다.

사람도,
사랑도,
살이도,

비우고 덜어낼수록 향기는 오히려 진한 여운을 남깁니다.

창문이 하나뿐이어서,
너와 난 마주볼 수밖에,

네가 웃으면 나도 웃고,
네가 울면 나도 울고,

널 위해 창을 열 때마다
난 부자가 돼, 마술처럼…

집을 만들고, 벽돌 세우고, 바닥을 다지고,
담장을 두르고, 부채를 만들고, 다리를 만들고…
방글라데시에서 '대나무'만큼 요긴한 물건도 없는 것입니다.

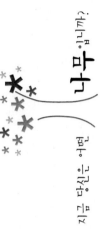

지금 당신은 어떤 나무입니까?

내가 당신을 많이 닮아갑니다.
아랠 보면 한숨이지만,
당신을 보니 행복입니다.

같이 한번 웃음으로 털어내고,
우리 서로 하늘 보니 감사입니다.

당신을 만난 뒤,
내 잠이 깊어졌습니다…

그때 당신과의 만남이
내겐 특별한 시간이었습니다.

당신에게 사랑으로 발견될 때 나는 비상한다.
작은 골목길과 총총히 뛰어가던 아이들의 콧노래.
사람이 사랑을 만날 때 우리는 행복하다.

SOMPURNA

당신의 사랑이 한 잎이어서 좋습니다.
그 사랑 영원히 품고도 무겁지 않아,
오늘 난 아이처럼 당신에게 보챕니다.

랑가마티의 F4!
솔직히 녀석들이 부러웠다.

길을 잃은 날 바부(Babu)는 괜찮다며 자기 집으로 초대해 주었습니다.
대학에서 엔지니어를 공부하고 있던
그는 방학을 맞아 잠깐 집에 내려와 있었습니다.
한국에 대해서 많이 묻기도 하고,
특히 축구를 좋아하는지 월드컵에 대해서도 많은 대화를 나누었습니다.

허기진 나를 위해 그의 어머니는 손수 맛난 점심상을 차려 주셨습니다.
공무원 출신인 아버지 역시 말 수는 적으셨지만 친절하게 대해주셨습니다.
이윽고 작은 마을에 자기네들을 닮은 외국인이 떴다(?)는 소문에
구경들을 오셨습니다.
오후 한 때를 나와 그들은 진실한 친구가 되었습니다.

랑가마티를 떠나기 이틀 전, 다시 바부를 찾았습니다.
아버지를 위한 룽기(남자들이 입는 치마)와
어머니를 위한 양산을 선물로 준비했습니다.
그리고 다시 몇 시간을 걸어 바부의 집에 도착을 했습니다.
어머니와 누이는 미리부터 분주히 음식을 준비하고 있었습니다.

다시 즐거운 한 때를 보내고는 나는 바부의 부모님께 마지막 인사를 드렸습니다.
"이제 일 년 후쯤에나 올 것 같아요, 어머니."
"그때는 꼭 부인과 같이 와서 며칠 자고 가야 돼!"
"안 그러면 방글라데시에 아예 오지 마, 알았지?"
아쉬운 마음을 뒤로 하고 그날 숙소로 돌아왔습니다.

다음 날, 떠날 준비를 하며 짐을 꾸리고 있는데
바부로부터 전화가 걸려왔습니다.
"어머니가 당신과 통화를 하고 싶대요."
"네, 바꿔주세요."

난 그때 바부의 어머니가 수화기 너무 들려준 세 마디를 영원히 잊지 못한다.
"하…와…유~", "땡…큐~", "캄… 캄~"

내게 사랑이 부어질 때마다, 난 그들을 향해 달려갈 것이다.

나누지 않고 사랑할 수 있습니다.
그러나, 사랑하면서 나누지 않는다면 거짓입니다.

아낌없이 줄 수 있을 때…
따뜻하게 받을 수 있을 때…

사랑은 언제나 우리를 행복으로 인도합니다.

5

New Adam

누아아담

마지막까지 그리울 당신입니다.

긴 다리만큼이나 굴곡진 세월을 등에 지고

나도 오늘은 한달음에 여기까지 왔습니다.

랑가마티엔 유일한 대나무 다리가 깊이 숨어 있습니다.
우연히 이 길을 만났고 다리를 만났습니다.
100m 정도의 대나무 다리는 아슬아슬 했지만
묘한 매력이 있었습니다.
우기가 되면 물속으로 가라앉겠지만,
언젠가 다리는 보란 듯 다시 살아나겠죠.

랑카파니에서
귀여운 자매로 만났습니다.
다음에 우리
또 만날 수 있을까?

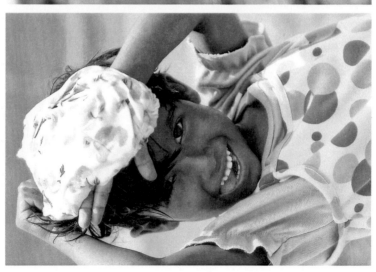

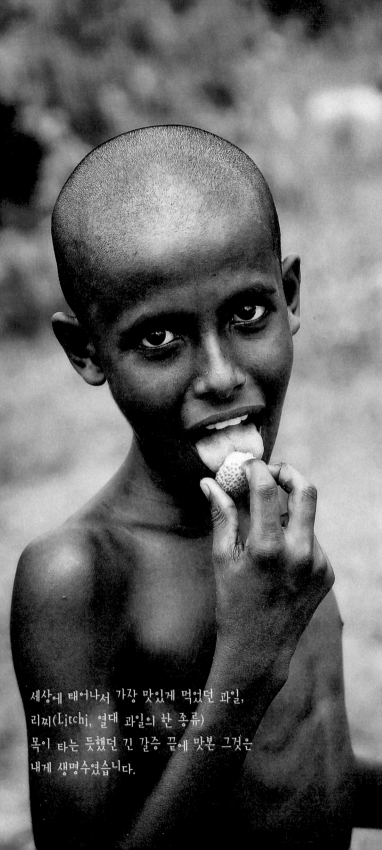

세상에 태어나서 가장 맛있게 먹었던 과일,
리찌(Litchi, 열대 과일의 한 종류)
목이 타는 듯했던 긴 갈증 끝에 맛본 그것은
내게 생명수였습니다.

당신을 찾아야 한다고만 생각했습니다.
언젠가부터 내 맘에 부담으로 내려앉아,
당신을 찾아나서서 우연처럼 만나야 한다고,
늘 먼저 길을 나서는 사람이려니 했습니다.

기다리는 사람이어야 하는데 그러질 못했습니다.
오래 전부터 당신을 기다렸노라고 우쭐대야 하는데,
황톳길 먼지 일며 느린 걸음 재촉해서라도 당신을 만나,
이젠 기다림으로도 더 깊은 사랑이라 말하고 싶습니다.

그나마 몇 방울의 물도 바닥이 났습니다.
다른 대안은 우리에게 없었습니다.
그렇게 몇 시간을 걷고 또 걸었습니다.
그때 저 멀리 한 남자가 시야에 들어왔습니다.
약속이나 한 것처럼 우린 그 남자를 따랐습니다.

그때부터 우린 다시 내일을 말하기 시작했습니다.

보느루바는 랑가마티에서 가장 활기가 넘치는 곳입니다.
마을과 마을, 시내와 호수에 흩어진 부족들 사이에
크고 작은 배들이 쉴 새 없이 운항 중입니다.
아이들은 학교를 가기 위해, 어른들은 각종 야채와 과일,
잡은 생선들을 팔기 위해,
보느루바는 꼭두새벽부터 늦은 저녁까지
역동적인 삶의 현장을 그대로 보여줍니다.

배들이 모이고, 사람들이 모이는 곳이라
보느루바는 큰 시장이 형성돼 있습니다.
마치 우리나라의 대형 마켓이
노천에 그대로 옮겨져 있다고 생각하면 됩니다.
이곳에서 생산되는 각종 채소류와 생선들은
신선도가 높고 가격이 저렴하기로 유명합니다.
사람들이 한창 몰리는 시간이면 제대로 몸을 가누지 못할 정도로
많은 인파가 몰리기도 합니다.

라가마티에 머무르는 동안 거의 매일 보드바른
지나지 않을 때가 없었습니다.
시내 중심부에 위치하고 있어 다른 곳으로 이동하기 위해서는
반드시 이곳을 지나기 때문입니다.
필요한 물건들을 구입할 때도 이곳에 가야 하고,
라가마티 에베을 위한 정보를 얻기 위해서도 이곳으로 달려가야 합니다.
사람들을 만나는 곳도, 사람들과 헤어지는 곳도 바로 이곳입니다.

진짜 보드바르는 살아 있습니다!

아무리 사진을 들여다봐도,
내가 뭘 어떻게 해냈는지 생각이 나지 않아.
왜 이렇게 웃고 있는 거지?

카스라슈리 barj 도린에서 만난 사람도,
나무에 올라 산폭 '모둔이'(괜잖)로 잠재로 덮어 따주던 사람도,
멸 방이고 그냥 가게라라메 주머니에 넣어주던 사람도,
만 그때로 너무 착한 사람들!
감사했습니다, 너무 많이요……

오늘 아버지의 어깨는 조금 넓어졌습니다.

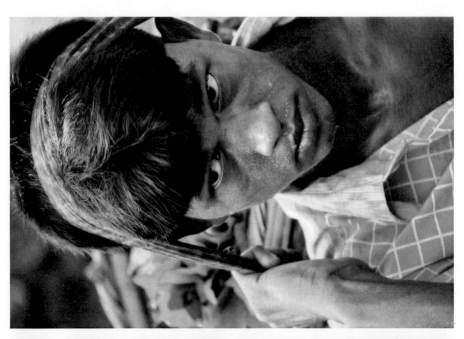

언제나 당신의 곁에서, 당신을 응원하겠습니다.

사람이 많아도 그리운 것이 사람입니다.
한번의 인연도 마음에 둘 줄 알고,
내내 빈 자리 덮어가며 찾을 수 있는 그런 사람,

지금 당신과 마주한 이가
세상에서 가장 소중한 사람입니다.

배에 올랐으니…
이제 목적지까지 가는 일만 남았습니다.

함께 동행해 주실 거죠?

작은 배에 네 사람이 올랐다.
타본 사람은 안다.
삶이란 언제나 죽음 앞에 존재한다는 사실을.

그래서 소녀들도 처음에는 반대했었나 보다.
긴 설득 끝에 물에 잠겨 있던 배를 꺼내 뒤집었다.
건너편 마을까지 마침내 살아 남았다.

그녀들이 돌아간다.
부디 살아남아 또 만나자고.
비하르푸르(Biharpur)엔 마음 착한 소녀 뱃사공이 살고 있다.

작은 배는 당장 호수에 가라앉을 것처럼
좌우로 심하게 흔들렸습니다.
그렇게 건너 편 마을까지 20분,
고소공포증 때문에
평소에는 제대로 타지도 못하는 청룡열차를
이날은 연속해서 다섯 번은 탄 것 같았습니다.

새벽 여명이 밝아오기 시작하면,
캄타이 호수를 건넌 수많은 배들이 보느루바를 향해 달려옵니다.

누군가를 만나야 한다면 오늘입니다.
누군가를 사랑해야 한다면 오늘입니다.
나누어야 한다면, 누군가에게 베풀어야 한다면,
아직 나의 심장이 뜨거운 바로 오늘입니다.
그렇게 마지막이듯 오늘을 살아내고 싶습니다.

방글라데시의 여름을 상징하는, 크리스노수라 훌

7

Green Castle

그린캐슬

새벽에 눈을 뜰 때마다 산책길에 잠을 깨우는 호숫가 마을을 찾으셨습니다.

돈이 되는 시간부터 사람들은 분주하게 움직이고,
아이들은 잠기로의 해야 일들이 정해져 있어 바쁘게 마찬가지입니다.

밤 근라테지는 물이 구비 구비 나란이입니다.

때마다 우기에 구토의 산물이 일이 잠기는 일이 반복되고 있지만,
싱싱 식수로 사용할 수 있는 깨끗한 물은 거의 없스니다.

그나마 란가마티는 캅타이 호수를 검하고 있어
사태적으로 다른 지역보다는
물 사정이 나은 편입니다.

캅타이는 그들에게 식수뿐만 아니라 모든 생활을 없을 수로 사용되고 있스니다.
제가 지떤 사람들은 호숫가로 나가
드란드란 더위에 지친 하루의 피로를 털어냅니다.

지금 그들은 날 기억하고 있을까요?

당신의 아침을 깨우고 싶습니다.

새로운 오늘이라고,
다시 시작이라고,
가야 할 곳이 있다고,

지금 난,
당신의 아침을 위해 긴 밤을 여행 중입니다.

어느 날 새벽,
한 남자의 뒷모습을 만났습니다.

막 여명이 밝아오는 호숫가,
남자의 기다림은 무엇이었을까요?

해마다 물에 잠기는 당신의 나라,
당신을 행복하게 만들어준다는 그곳의 친구들...

가야 할 곳이 있다면 행복입니다.
해야 할 일이 있다면 축복입니다.

당신의 얼굴에 번지는 미소가 내 마음을 재촉합니다.

이렇게 살아보라고...
나처럼 살아보라고...

당신의 안식은 내일로 가는 꿈입니다.

미처 전하지 못한 말들을 아껴 두고서
평생을 아파하지 않겠습니다.

길게 그물을 호수에 드리운 채 하룻밤을 보내고,
다음 날 아침이 되면 그물을 다시 거두어 들입니다.
반복되는 일상이지만 하늘빛은 매일 새롭습니다.

라가마티에서 가장 높은 지역인 볼아담(Bal Adam),

하느님과 늘수가 맞닿아 있던 그곳에서 아이들을 만났습니다.

티베이 맡게 웃어주던 아이들이 너무 사랑스러웠습니다.

랑가마티의 얼음공장 앞에서,
Olleh~

방글라데시는 돌이 귀합니다.
그래서 흙으로 벽돌을 구운 다음,
다시 그 벽돌을 깨뜨려 자갈처럼 사용을 합니다.
거리 곳곳에는 아이들부터 여자들까지
벽돌을 깨고 있는 모습을 흔히 볼 수 있습니다.

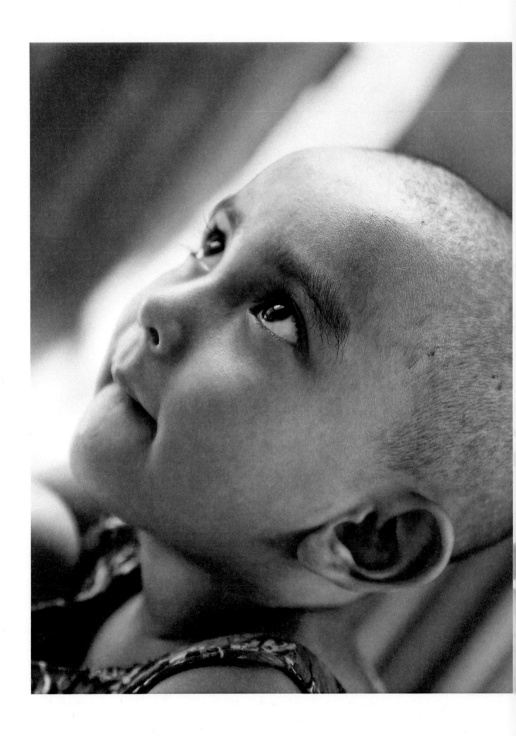

그곳엔 오직 우리 둘 만이 남았습니다.
아이는 작은 종이 위에 그림을 그리고 있었고,
난 아이를 향해 셔터를 누르고 있었습니다.

마지막 딱 한번,
아이와 눈이 마주쳤습니다.
아이의 눈이 다가온 순간 숨이 멎는 듯 했습니다.

그리고 아이는 안개처럼 사라져 버렸습니다.

단지 기억으로만 붙잡아 두기엔 너무 아까울 것 같아.
그렇게 아름다운 시간 속에 있는데, 너희 두 사람.

내가 제일 좋아하는 바다, 그리고 노을!
배를 타고 건너편 바리에서는 자전거도 빌리고,
그 자리에 나도 있고픈데,

잊을 수가, 아니, 지워지지가 않아.
빨간 나무 아래서 꼭 만나고 싶은데.
너희 두 사람…

이제 곧!

동생은 지금 수영을 배우는 중입니다.

동생은 하루에 두 번씩 물에 들어갔습니다.
형이 하겠다 두 팔을 벌려 동생을 끌어안았습니다.

어린 동생은 형이 품속으로 파고듭니다.

더 넓은 세상에서 마음껏 달릴 수 있기를,
다시는 혼자 달리는 일이 없기를,

꼭 그림책을 가져올게.

내 마음을 어떻게 알았을까요?
아이는 몇 번의 시도 끝에 풍선을 크게 불었습니다.

100점을 주었습니다.

방글라데시 남자들은 롱기(일종의 치마)를 즐겨 입습니다.
속옷은 입냐구요?

글쎄요…

오늘 무슨 일이 있었는지 묻고 싶었습니다.
왜 그리 행복할 수 있었는지 당신의 하루를 배우고 싶었습니다.

방글라데시의 별, 랑가마티

한 사람이 내게 희망을 봅니다.
내 것을 다 주어도 아깝지 않은 당신이.

영혼을 충분히 적실 만큼 넉넉한 사랑을
'희망'이란 병에 담아 다시 당신에게 띄웁니다.

8

sompurna

솜푸르나

Angel

랑가마티를 떠나기 전날 밤,
낮에 우연히 만났던 솜푸르나의 집에 초대를 받았습니다.
'솜푸르나'는 '가득 차다'(full filled)란 뜻의 짝마 이름입니다.

솜푸르나의 어머니는 국제요트훈련장에서 관리직으로 근무하는 분입니다.
이날 그녀는 우리 팀에게 맛있는 볶음 국수 요리를 내어주셨습니다.
그렇게 식사를 하고 차와 담소를 나누고 헤어질 시간이 됐습니다.

그때 밖에서 놀던 솜푸르나가 붉은 크리스노수라 꽃을 한 다발 꺾어 들어와서는
나에게 이별 선물이라며 전해주었습니다.
아이가 준 뜻밖의 선물을 받고서 그 따뜻한 마음에 진한 감동이 밀려 왔습니다.

방글라데시에 발을 딛는 첫날에도 크리스노수라 꽃이
버스터미널에서 날 반겨주었고,
이제 떠나야 하는 마지막 날에 다시 한번 그 꽃이 대미를 장식해 준 것입니다.
사실 숙소로 돌아와서 나중에 들었습니다.
'솜푸르나'란 이름의 뜻을…

아이는 내게 날개 없는 천사입니다.
꽃을 선물해주었고, 손가락 약속을 거듭 하며 다음을 기약해 주었습니다.
집을 찾아 갈 때도, 집을 나설 때도 아이는 먼 곳까지 배웅해 주었습니다.
나는 지금도 그렇게 믿고 있습니다.

'솜푸르나'는 분명 천사였습니다.

랑가마티에게
당신의 배려가 고맙습니다.

나에게 당신이 가난한 마음을 가까이 나눠주셔서 더욱 그립합니다.
힘들었던 당신의 시간은 잘 알고 있기에
당신의 마음과 기도는 나에게 큰 위로가 되었습니다.

나 역시 당신을 축복할 뿐입니다.
당신의 마음이 하나님 앞에 그대로 지켜지기를,
당신이 더 많이 행복해으면 좋겠습니다!

당신의 편지를 받을 때마다 마음이 저려옵니다.
힘들게 하루하루를 살고 있을 당신의 일상과 예기치 않은 상황들,
당신이 작은 기침이라도 할 것 같으면 못내 마음은 진통에 시달립니다.

앞만 바라보고 달려온 그 긴 세월을 어찌 말로 다 할 수 있을까요?
든든한 후견인 한 분 없이 먼 이국 땅에서 당신은 또 얼마나 외로웠나요?
오늘도 당신의 편지를 손에 든 채 한 동안을 그렇게 멍하니 있습니다.

사람들은 보이는 대로 너무들 쉽게 말하곤 하지요.
한 사람의 영혼에 얼마나 많은 사연들이
깃들어 있는지 모르고 하는 소리지요.
자기 자리를 지키는 것만으로도
얼마나 큰 시험과 도전이 있는지 모르기 때문이지요.

당신의 자리를 지켜주셔서 감사합니다.
당신의 얘기를 들려주셔서 감사합니다.
당신이 하늘 아래 있음으로 감사합니다.

당신을 위한 짧은 기도만으로도 나는 축복입니다!

길 위에 나의 두 발을 묻었던 흔적들,
모든 것이 나를 잊으려 하는 지금에서야,
나는 나의 길을 고집하고 있습니다.

Alp^{un}의 집에서 먹었던 점심,
랑가마티에서 최고의 만찬이었습니다.

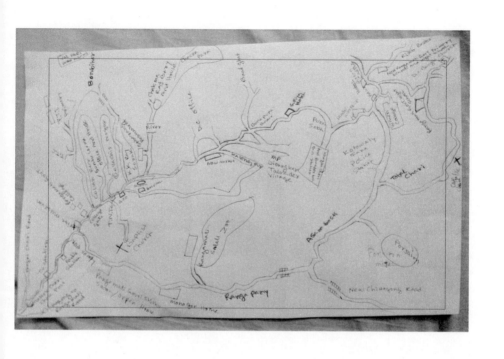

친구가 그려준 랑가마티 지도

랑가마티의 석양

Epilogue

우리 몸의 중심은 어디일까요? 당신은 어디라고 생각하세요? 머리? 심장? 척추? 정답은 우리 몸의 중심은 다름 아닌 '아픈 곳' 입니다.

가만히 생각해보니 그런 것 같습니다. 어딘가 아프기 시작하면 우리의 모든 생각이 통증이 있는 바로 그곳으로 향하게 됩니다. 약을 먹을까? 병원엘 갈까? 어떻게 해야 빨리 나을까?

통증이 사라지고 완전하게 회복될 때까지는 몸도 마음도 생각도 아픈 곳에서 떠나질 않게 됩니다. 실제로 우리 몸도 상처나 통증을 신속히 치료하기 위해서 모든 에너지를 아픈 부위에 집중한다고 합니다. 그렇다면 우리 몸의 중심이 '아픈 곳'이란 얘기가 맞는 것 같습니다.

그렇다면 세상의 중심은 어디일까요? 마찬가지입니다. 세상의 중심은 '세상에서 가장 아픈 곳'입니다.

오늘도 아픈 곳들이 지구촌에는 너무 많습니다. 기근, 재난, 기아, 질

병, 분쟁, 성적 차별, 폭력, 전쟁. 그 숱한 상처들 속에서 신음하고 고통받는 사람들, 바로 그들이 세상의 가장 아픈 곳입니다.

만약 당신이 세상의 중심에 서고 싶다면 제가 방법을 알려 드리겠습니다. 세상의 가장 아픈 곳으로 달려 가시면 됩니다. 그곳이 바로 중심이니까요!

이 책은 작은 나눔으로부터 시작됐습니다. 책의 모든 수익금은 Second Wind Ministry를 통해 방글라데시 소수 부족의 아이들을 위해 쓰여집니다. 앞으로 이 일은 SAARC(남아시아지역협력연합)의 8개국(방글라데시, 인도, 네팔, 부탄, 스리랑카, 몰디브, 파키스탄, 아프가니스탄)의 아이들을 위해 지속적으로 확대될 것입니다.

Second Wind Ministry, Korea

SOMPURNA

방글라데시의 별, 랑가마티